單車漫騎

志祥 繪著

知出版

推薦序一

　　雖然我和志祥 30 多年前已經在同一間出版社工作，不過由於工作崗位不同，所以從未有機會正式接觸，甚或在工作上有任何交織。直至多年前我完成了《風雲》漫畫創作之後，我開始接觸單車活動，就這樣大家開始結緣，當然也因為大家同是漫畫人，彼此更快投契，及後甚至結伴到台灣環島踩單車。

　　我跟志祥的交往，在單車領域方面，他肯定是我的前輩，很多時我都要請教他及找他幫忙，但講到漫畫，可能我的經驗就比他豐富一些，可以化身老前輩了，這個關係真的有些微妙。最近得知有出版商邀請志祥將他的單車漫畫結集成書，我當然大力鼓勵，因為香港很少有以運動為主題的漫畫家，我亦相信從生活中體會而創作出來的漫畫，會有一種特別的生命力，希望讀者都有這個同感。

馬榮成

推薦序二（賀圖）

邱福龍

推薦序三

　　我認識陳志祥已有近二十年了。回憶初次見到他，是在海洋創作有限公司——一所本地漫畫出版社。但見他身裁魁梧，一頭短髮滿面鬍鬚，眼神外露，形貌威猛！心中暗忖此人莫非十分兇惡？結交之後發現剛好相反，陳志祥是個非常平和的人。往後多年我們都維持合作關係，多虧他的幫助，我的出版社才能一直運作下去。他有自己的家庭，無不良嗜好，生活規律，表面上是個很普通的市民，但我一直感覺到他有一種說不出的神秘感。我經常約他出來飯聚，嘗試了解他不為人知的一面。

　　「明天又要踩車嗎？」我問道：「最近似乎很頻密呢！」

　　「唉……」他陡然將面前的凍檸茶一口抽乾，重重地呼了一口氣，道：「沒辦法。我一定要踩。」

　　我好奇地問：「踩單車只是一門興趣吧，哪有不得不踩的道理？」

　　此時，陳志祥的神情變得嚴肅：「和仔，我將要告訴你的事，可不要對別人說！」

　　「說吧！一定守秘密！」我也緊張起來。

　　陳志祥緊閉起雙眼，兩條厚重的眉毛就似要糾結在一起，半晌才緩緩開眼，一字一頓地道：「我的真正身份，是單車俠！」

　　我不由一怔：「單車俠？」

　　未等我發問，他已接着道：「就是那些超級英雄之類的存在，你懂不懂？我是在幾年前踩單車時發現自己有這個能力的。當我把單車踩到時速十九公里以上時，就能夠變身！」

　　「厲害啊！你是超級英雄？」

「殊！不要那麼大聲！」他一手抓着我肩膊：「我這個人很低調的，這幾年來我盡力以自己的力量幫助別人，同時隱藏真正身份，你知道我的脾氣的，我不想世人太過歌頌我。」

「哦！你說要去踩車，其實是秘密出動嗎？」

「唔。正所謂能力愈大責任愈大！最近市道不好，黑社會橫行，我也只有盡力多踩幾轉，懲惡懲奸。」

說罷，他緩緩站起身，拿着已所剩不多的凍檸茶再猛抽一口，飲管自杯底抽進空氣，發出一陣怪響。「碰」的一聲，他把杯子放回餐桌上，轉身道：「是時候了。我又要出動。」

我未及回話，他虎軀一振，已躍上單車，疾馳而去。我仍在思索他剛才的話，到底是真是假？聽說他把自己踩車的經歷匯集成書，名為《單車漫騎》，要更了解單車俠陳志祥，看來非買來細看不可了。

鄭健和

自序

約十年前，家住九龍東，要在九龍灣上班參與港漫製作。

上班過程不外乎乘搭地鐵，但出站後仍要步行很遠距離才回到工作地點，覺得有點麻煩。

之後改乘巴士，近了一點。但有一次等車超過 25 分鐘後，我腦裏就忽然出現一個念頭：其實路程不太遠，我是否可以騎單車上班呢？不用浪費時間，還可做運動。

關於運動，之前我很喜歡打籃球，喜愛程度甚至令我畫了一本籃球漫畫《爆籃王》；但隨着波友相繼因各事消失，加上我身體開始也負荷不了籃球的高強度，無奈下退役了……。

心底裏，我其實想找一項運動取代籃球。

話說回來，有了騎單車上班的念頭後，隨即坐言起行，首先我在九龍灣單車公園租了一架單車，嘗試騎回九龍東的家，結果在驚心動魄的過程中發現是可行的。

之後向弟弟借了一部單車開始通勤，自此跌進了單車的廣闊深坑。

再之後我買了人生第一部單車，更加入了該單車的車會，認識了很多志同道合；我開始四處探索，挑戰高山、遊山玩水、出國單車旅遊……，體會了很多有趣的經歷。

作為一個漫畫人，有時總想把有趣經歷化成漫畫表達出來；單車和籃球同樣有趣，但我發覺有關單車題材的四格漫畫很少見，證明難度頗高……。

經過幾年醞釀，我開始在網上發表單車漫畫，結果大家認同的程度遠高於我想像，感覺行對了路，增加了動力令我繼續下去。

結果……感謝出版社賞識，成就了現在這本漫畫，這可算是我這三年來
單車漫畫的總結，對我而言已很有意義。

在此多謝為我寫序的三個朋友：

馬 sir（馬榮成）

——是香港無人不識的漫畫家，是我的偶像也是車友，今次更難得為我客串了一段漫畫，我實在有天大面子。

龍哥（邱福龍）

——是公認的頂級漫畫家，我尊敬的前輩；他知道我出書，二話不説幫我畫了張賀圖，實在感激。

和仔（鄭健和）

——是我舊拍檔與好友，他是我見過最全面的漫畫家，包括做人和做事，這次沒有理由不拉他下水助我一把。

他們都是獨當一面的香港漫畫家，能集齊他們為我新書寫序，有今生冇來世，無憾！

最後多謝各位讀者，希望大家在這鬱悶的世界看到我的漫畫後，會帶來愉快，我以此為榮。

志祥

目錄

第一章　男女大不同 12

第一章

男女大不同

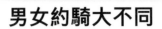

男女約騎大不同

女神約騎

你約騎

男女遲到大不同

男士遲到

對不起！我遲到。

豈有此理！
約你何時呀？

這麼多人等你
好不好意思？！

最討厭
別人遲到！

女士遲到

對不起！遲到…

沒關係，剛齊人呢。

出發！

男女休息大不同

男女爬坡大不同

男士爬坡

男女爆胎大不同

男士爆胎

真麻煩！還很餓呢！…

叫了你小心點騎啦！…

天黑了，快點吧！

女士爆胎

麻煩你們幫我換輪胎，你們真是好人啊！

不客氣！
大家車友應該互相幫忙呀！

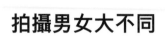

拍攝男女大不同

男女打咭大不同

女神打咭

你打咭

行啦！

還拍照？
有甚麼好拍？

趕時間呀！

男女托車大不同

和男女車友拍照大不同

和男車友拍照

和女車友拍照

騎車最大的困難

不同人問有不同價錢

單車友與非單車友的審美分別

單車友眼中…

愛車放在玄關處作裝飾
- 方便出門
- 突顯品味
- 隨時可以欣賞
- 完美

非單車友的另一半（老婆 / 女朋友）眼中…

- 單車輪胎很污糟
- 和家居設計不協調
- 難看死
  （下刪一千字負評）

為了你，我不惜講任何大話…

心情變差時，我就會出外騎車，
心情自然會好轉。

但每次騎車回家後，老婆就會
很生氣…

老婆很生氣，我心情就會變差…

心情變差時，我就會出外騎車，
心情自然會好轉。

被看穿了

出門騎單車之前，謹記要留意天氣預報呀！

志祥話你知 1

騎車個人裝備

騎單車有益身心，若你今日開始想投入這項運動，個人裝備是必不可少的。良好裝備可令你在安全的情況下盡情享受騎單車樂趣。

- 佩戴顏色鮮明、大小適中的頭盔。
- 穿上鮮色、淺色、熒光或有反光物料的衣服。
- 戴上防紫外線眼鏡，可保護眼睛免受強光影響，又可防沙塵、昆蟲入眼。
- 如要加強防護，可穿上個人防護裝備，例如護肘、護膝及手套。

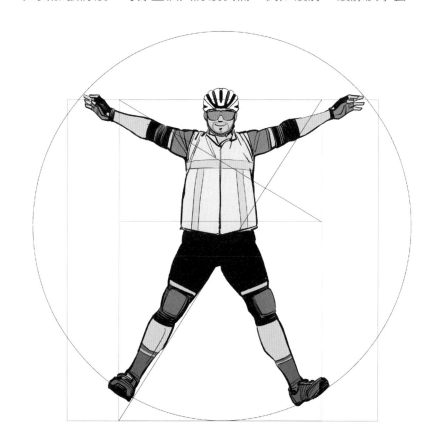

第二章

在路上

單車老手 VS 單車新手

老手：

一身單車專業打扮

新手：

穿寬鬆衣服

老手：
戴頭盔、風鏡

新手：
不戴頭盔甚至不戴帽

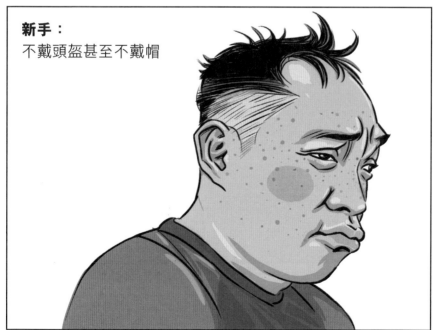

老手：
有使用業碼表或 gps 手錶

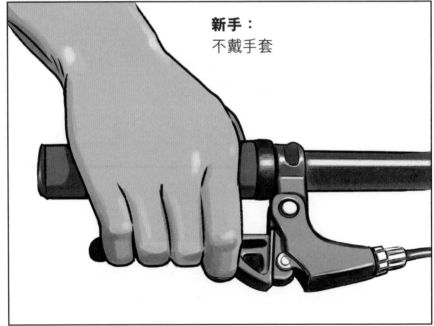

新手：
不戴手套

老手：
穿硬底單車鞋甚至上卡

新手：
穿軟底運動鞋

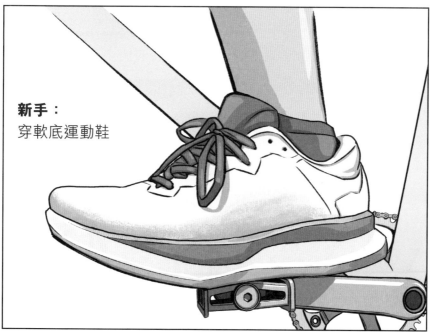

老手：
單車必有升級及改裝

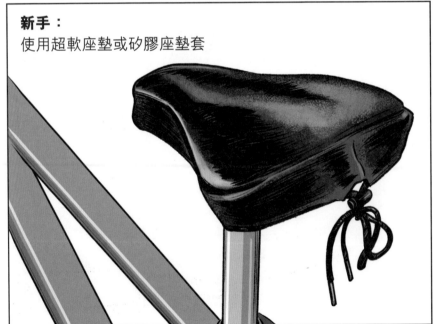

新手：
使用超軟座墊或矽膠座墊套

老手：

有基本維修、補胎等工具隨身

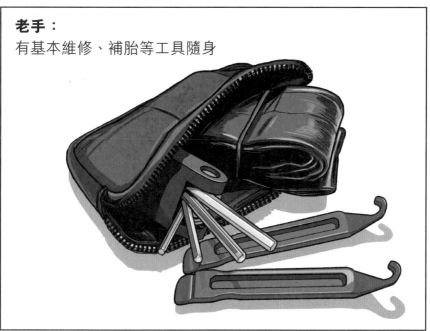

新手：

沒有任何後備內胎、打氣泵或單車維修工具隨身

老手：
單車價值由港幣
數千起跳，高至
十餘萬

新手：
騎平價單車

老手：
出遊多數騎行馬路，
不會騎單車徑

新手：
不騎上坡路！

單車老手 VS 單車新手 2

新手：
揹背包或用菜籃

新手：
只戴普通墨鏡不帶風鏡

老手：
多數時間出遊三五成群互相荼毒

老手：
單獨騎行時單車不會
離開視線範圍

不要相信單車友的說話

約騎日常

出發前

出發後

休想閒着騎⋯

中毒太深，心癮太大

輸人不輸陣

我戴着這頂新買的頂級空氣動力學頭盔，
能把空氣從頭頂帶到兩肩送走，
使平均時速增加 0.3 公里，
是我這種追求速度的車手必備神器。

一時分了神

有些意外…可能是這樣發生！

心比身更痛

哇！摔車！

你有沒有事啊？

很痛嗎？

拍照大過天

單車拍攝之宜與忌

拍攝車友努力操車

拍攝車友乏力推車

拍攝車友強力抽車

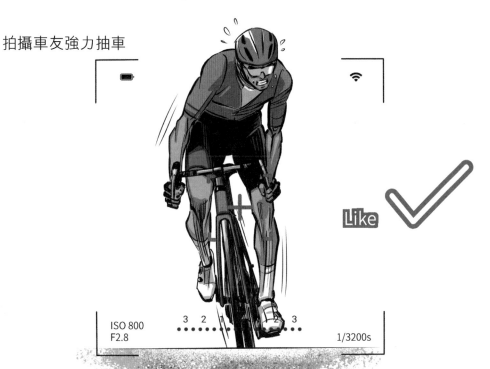

ISO 800
F2.8

3 2 1   2 3

1/3200s

Like ✓

拍攝車友強力抽筋

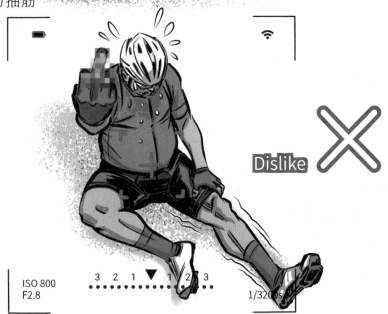

ISO 800
F2.8

3 2 1 ▼ 1 2 3

1/3200s

Dislike ✕

中年車友拍照大法

車聚時應避免的個人行為

1. 騎車不要大聲播放音樂。
   大部分隊友只想享受騎車一刻的寧靜。

2. 不要吸煙，除非全隊也是煙民。

3. 請遵守交通規則，不要多人並排騎行或追逐，
   易產生危險。

4. 不要穿着帶有濃烈氣味的車衣騎車。

悠閒騎行團理想成員

若你的騎行團能擁有以下隊友，你的騎行體驗必比別人輕鬆愉快。

隊長

- ☑ 負責統籌約騎。
- ☑ 樂於規劃、發掘騎行路線。
- ☑ 積極、人緣好。
- ☑ 能夠集合各方隊員。
- ☑ 是萬事的開端，首要重要人物。

人肉 GPS

☑ 騎行年資久。

☑ 對單車路線非常熟悉。

☑ 能即時提供車隊路線資訊，
快過 google。

攝影師與導演

☑ 愛好攝影或拍片。

☑ 能把精彩行程記錄下來給各位團員回味。

☑ 勞苦功高，非常受隊員歡迎。

維修達人	☑ 熱愛 DIY 改裝，熟悉單車結構。
	☑ 能對路上任何單車故障提供即時 支援，是遇上緊急事故的重要人員。
	☑ 閒時還會熱心提供改裝心得及意見。

美食家	☑ 向劣食説不！
	☑ 經常留意網上美食資訊。
	☑ 會引領車隊向美食進發補給，崗位非常重要。

強腳女

☑ 非常有實力，不會拖慢車隊，
☑ 又有平衡車隊速度之效，
☑ 更可中和車隊過分的剛陽味，
　　更增團隊和諧感。

（實力不足也不要緊，依然具有增加團隊和諧感之效。）

單車新手總會遇上騙子（上集）

單車新手注意！單車騙徒手法層出不窮，小心受騙⋯

今日帶你**上山**，有兩條路線，一條較易，一條較難，妳選哪一條？

當然是較容易那條啦！

FINISH

HARD

EASY

只要是上山就不會有容易的，
咬緊牙關一腳一腳騎上去吧！

單車新手總會遇上騙子（下集）

高手騎車與我的分別

高手一日騎四山

昂坪天壇大佛
520m

大帽山
975m

飛鵝山
603m

太平山
552m

我一日食四餐

早餐
825 kcal

午餐
1368 kcal

下午茶
1125 kcal

晚餐
1585 kcal

有口話人冇口話自己

有需要嗎！？

有些耐力…是這樣逼出來

特別附錄：實況劇場

這條路好斜呀！
真想停低休息一下，
但志祥一直在我後面都未停過，
我沒理由弱過他的，
還是等他先停腳我才停吧…

志祥＆馬榮成 聯合編繪

呼⋯呼⋯我快斷氣了⋯，
但我已經比馬 sir 慢，
現在停腳豈不是很樣衰？！
一於等他先停⋯

為何還未停腳呀？⋯

老馬有火？！…

不可以樣衰，頂硬上呀！

結果…

雙雙一腳到頂。

你老闆…！

志祥＆馬榮成 聯合編繪

志祥話你知 2

單車裝備

除個人裝備外，選擇性能良好和合適的單車，能提升對騎車的安全和體驗。

- 單車須配備警告車鈴，車頭和車尾分別裝上白色反光體及紅色反光體。
- 須確保單車刹車掣已妥為調校及操作正常，並能有效刹停車輪。
- 車胎狀況性能要良好，胎紋要清晰可見，並已適量充氣。
- 確保單車的活動部分已加上充分的潤滑油。
- 車鏈要鬆緊得宜，亦沒有受損或生銹的跡象。
- 記得檢查車燈的電池電量是否足以應付全程，並攜帶後備電池和車燈。
- 攜帶物件應盡量輕巧，並放在緊綁於車上的儲物籃內或行李架上。

第三章

騎車迷思

只要熱愛，任何困難都可以克服

7:00am 起床上班

好辛苦…

5:00am 起床騎車

OK！

單車發燒友的價值觀 1

一星期穿六日工作鞋

一星期穿一日單車鞋

單車發燒友的價值觀 2

每天坐臥

X 家梳化
$2390

一星期坐一次

OK！

最新高科技 3D 打印坐墊
$3980

要騎單車首要的是⋯

老闆…！！

我想騎單車……

……

單車友服飾進化表

初學

普通球衣
運動鞋

進階

淘寶車衣

終極

外國名牌車衣
頂級頭盔
專業鎖鞋

高階

外國車衣
頭盔
單車鞋

專業單車手

我夢想成為一個專業單車手，
所以形象上是一絲不苟的。

職業選手級的戰車！

頂級的
個人裝備！

唔…

總好像還欠
甚麼？…

要成為一個專業
單車手，謹記要
清理腿毛呀！

買單車令我安心

經濟不好⋯
昨天買了奢侈品很有內疚感⋯

但之前買單車沒有這種感覺。

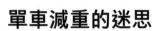

單車減重的迷思

單車要快就要輕，
所以我不惜工本大改裝…

現在比原裝足足輕了 2kg 啊！
是不是很厲害呢？

一般人改裝單車的原因

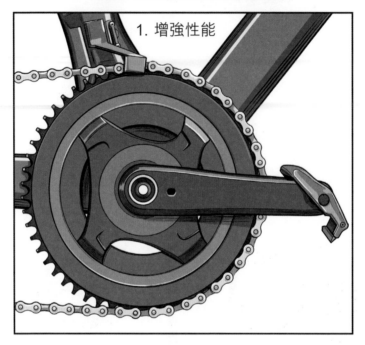

1. 增強性能

2. 減重

3. 提高舒適度

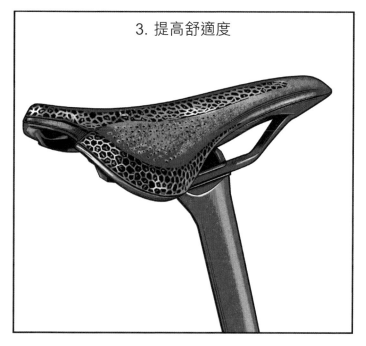

4. 美化以突顯個性

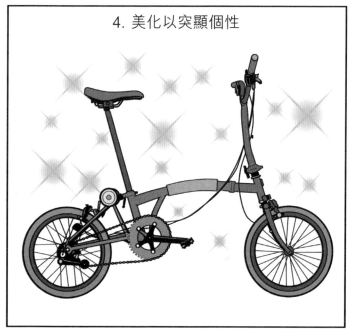

5. 錢多

6. 屁忽痕
（沒事找事）

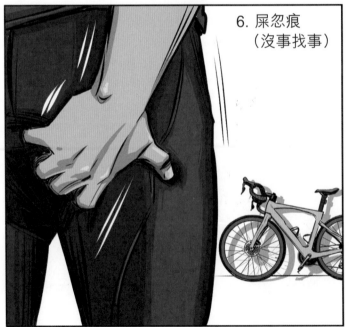

單車發燒友常有的病徵

1. 經常留意天氣預報，特別是假日。

2. 擁有多過一部單車。

3. 無論到外國或本地旅遊，會留意路況是否適合單車遊。

4. 單車服飾、裝備數量多過日常便服。

5. 每逢假期就會心癢難耐。

我想騎車⋯

等了很久

你羨慕他人，他人更羨慕你

有朝氣、有體力,年青真好…

騎車對中年人士穿搭的影響

騎車前

衣着沉實素色，
穩健樸素。

騎車後

車衣花俏炫目，鮮艷浮華，
敢於穿搭平日不會穿的顏色。

自信心滿滿！

如何面對爬坡能力不足

年青人

不斷練習！

中年人

不斷改裝！

老年人

不斷嘆氣…

中年人士留意：坐言起行，時間不等人

人生的三個階段

令你無法騎車的人生，你以為是這樣⋯

現實其實是這樣…

少年

✔有 🕐 時間

✘沒有 💲 金錢　💪 精力

成年

✔有 💪 精力

✘沒有 🕐 時間　💲 金錢

老年

✔有 💀

✘沒有 🕐 時間　💪 精力　💲 金錢

每個年齡層都有喜愛的單車

X 歲

平衡車

1X 歲

街車

2X 歲

梗牙車

3X 歲

公路車

4X 歲

山地車

5X 歲

小輪徑車

6X 歲

買餸車

7X 歲

......

珍惜你能騎單車的美好時光

志祥話你知 3

一些影響安全的騎車行為

一些影響安全的騎車行為,希望大家萬分注意!

1. 落斜路太快
2. 藥後騎車
3. 酒後騎車
4. 多人並排騎車,追逐嬉戲,無組織無紀律
5. 時常低頭看碼表
6. 騎車過程接打電話、玩手機
7. 不遵守交通規則
8. 騎車前不檢查單車
9. 騎行中注意力不集中,分神亂看
10. 過度高估自己的騎行能力
11. 騎鬥氣車
12. 帶傷騎車

繪著
志祥

責任編輯
梁卓倫

裝幀設計
辛紅梅

排版
辛紅梅

出版者
知出版社
香港北角英皇道 499 號北角工業大廈 20 樓
電話：2564 7511　　傳真：2565 5539
電郵：info@wanlibk.com
網址：http://www.wanlibk.com
　　　http://www.facebook.com/wanlibk

發行者
香港聯合書刊物流有限公司
香港荃灣德士古道 220-248 號荃灣工業中心 16 樓
電話：2150 2100　　傳真：2407 3062
電郵：info@suplogistics.com.hk
網址：http://www.suplogistics.com.hk

承印者
美雅印刷製本有限公司
香港觀塘榮業街 6 號海濱工業大廈 4 樓 A 室

出版日期
二〇二三年七月第一次印刷

規格
16 開（230 mm × 170 mm）